LES LIEUX DE MARGUERITE DURAS

MARGUERITE DURAS
MICHELLE PORTE

LES LIEUX DE MARGUERITE DURAS

LES ÉDITIONS DE MINUIT

Ce livre a été réalisé par Michelle Porte à partir des interviews faites pour les deux émissions de télévision Les Lieux de Marguerite Duras, *produites par l'Institut national de l'audiovisuel, et diffusées en mai 1976 par TF1.*

www.leseditionsdeminuit.fr

ISBN 978-2-7073-2244-9

1

Marguerite Duras :

Je pourrais parler des heures de cette maison, du jardin. Je connais tout, je connais la place des anciennes portes, tout, les murs de l'étang, toutes les plantes, la place de toutes les plantes, même des plantes sauvages je connais la place, tout.

Je fais des films pour occuper mon temps. Si j'avais la force de ne rien faire je ne ferais rien. C'est parce que je n'ai pas la force de ne m'occuper à rien que je fais des films. Pour aucune autre raison. C'est là le plus vrai de tout ce que je peux dire sur mon entreprise.

Duras

Michelle Porte :

Marguerite Duras, vous avez écrit : « Je fais des films pour occuper mon temps. Si j'avais la force de ne rien faire, je ne ferais rien. C'est parce que je n'ai pas la force de ne m'occuper à rien que je fais des films. Pour aucune autre raison. C'est là le plus vrai de tout ce que je peux dire sur mon entreprise. »

M. D. :

C'est vrai.

M. P. :

Est-ce que vous diriez de la même manière : C'est parce que je n'ai pas la force de ne m'occuper à rien que je fais des livres ?

M. D. :

Quand je faisais des livres, je ne pense pas que j'en étais là, non. J'en ai été là lorsque j'ai cessé de faire des livres, pratiquement. Je veux dire lorsque j'ai cessé d'écrire tous les jours et que j'ai fait des films. Seulement, quand j'ai cessé d'écrire, j'ai cessé, oui, j'ai cessé quelque chose... de... enfin, la chose la plus importante qui m'était arrivée, c'est-à-dire d'écrire. Mais les raisons que j'avais d'écrire à l'origine, je ne les connais plus. Peut-être rejoignaient-elles celles-là. Ce qui m'étonne, c'est que tout le monde n'écrive pas. J'ai une admiration secrète pour les gens qui n'écrivent pas, et aussi, bien sûr, pour ceux qui ne font pas de films.

M. P. :

Beaucoup de vos films se passent dans une maison coupée de l'extérieur.

M. D. :

Ici, oui, dans cette maison. Chaque fois que je

suis ici, chaque fois j'ai envie de tourner. Ça peut arriver que des endroits vous donnent envie de tourner. Jamais je n'aurais cru qu'un lieu pouvait avoir cette puissance, cette force-là. Toutes les femmes de mes livres ont habité cette maison, toutes. Il n'y a que les femmes qui habitent les lieux, pas les hommes. Cette maison a été habitée par Lol V. Stein, par Anne-Marie Stretter, par Isabelle Granger, par Nathalie Granger, mais aussi par toutes sortes de femmes ; quelquefois quand j'y entre j'ai le sentiment, comme ça... d'un foisonnement de femmes. Elle a été habitée par moi, aussi, complètement. Je pense que c'est le lieu du monde que j'ai le plus habité. Et quand je parle des autres femmes, je pense que ces autres femmes me contiennent aussi ; c'est comme si elles et moi, on était douées de porosité. La durée dans laquelle elles baignent, c'est une durée d'avant la parole, d'avant l'homme. L'homme, quand il ne peut pas nommer les choses, il est dans la perdition, il est dans le malheur, il est désorienté. L'homme est malade de parler, les femmes, non. Toutes les femmes que je vois ici se taisent d'abord ; après, je ne sais pas ce qu'il en adviendra, mais elles commencent par se taire, longuement. Elles sont incrustées dans la pièce, comme insérées dans les murs, dans les choses de la pièce. Quand je suis dans cette pièce-là, j'ai le sentiment de ne rien déranger à un certain ordre, comme si la pièce elle-même, enfin, le lieu, ne s'apercevait pas que je suis là, qu'une femme est là : elle y avait déjà sa place. Sans doute je parle du silence des lieux.

Michelet dit que les sorcières sont venues comme ça. Pendant le Moyen Âge, les hommes étaient à la

guerre du seigneur ou à la croisade, et les femmes dans les campagnes restaient complètement seules, isolées, pendant des mois et des mois dans la forêt, dans leurs cabanes, et c'est comme ça, à partir de la solitude, d'une solitude inimaginable pour nous maintenant, qu'elles ont commencé à parler aux arbres, aux plantes, aux animaux sauvages, c'est-à-dire à entrer, à, comment dirais-je ? à inventer l'intelligence avec la nature, à la réinventer. Une intelligence qui devait remonter à la préhistoire, si vous voulez, à la renouer. Et on les a appelées les sorcières, et on les a brûlées. On dit qu'il y en a eu un million. Depuis le Moyen Âge jusqu'au commencement de la Renaissance. On a brûlé les femmes jusqu'au dix-septième siècle.

M. P. :

Est-ce que ces femmes qu'on trouve dans vos films, dans vos livres, je pense à la femme de *Nathalie Granger*, enfin, Isabelle Granger, à Élisabeth Alione, à Véra Baxter, dans *Les Plages de l'Atlantique* *, est-ce que d'une certaine manière ce ne sont pas encore des sorcières de Michelet ?

M. D. :

On en est encore là, nous les femmes... On en est encore là... oui. On en est là. Ça n'a pas vraiment bougé. Moi, dans cette maison-ci, avec ce jardin, je suis dans des rapports que les hommes n'auront jamais avec un habitat, un lieu.

* Premier titre du film *Baxter, Véra Baxter.*

M. P. :

Dans presque tous vos films, on retrouve ce périmètre clos de la maison, du parc, et la forêt.

M. D. :

Oui. La forêt communique avec le parc. Le parc est la prémice de la forêt. Le parc l'annonce. Il y a un parc dans *Détruire*. Il y a un parc dans *India Song*, dans *Nathalie Granger*. Dans *Jaune le soleil*, il y a un parc noir où il y a les chiens des juifs. La forêt, c'est l'interdit. C'est-à-dire, je ne sais pas exactement ce que c'est que cette forêt de *Jaune le soleil*, que j'appelle la forêt du nomadisme, la forêt des juifs, je ne sais pas quel est le lien entre cette forêt-là et la forêt de *Détruire*, dont les gens ont peur. Dont une certaine bourgeoisie a peur, dont les hommes ont peur et qu'ils massacrent. Nous, on s'y insère, dans la forêt, on s'y faufile, voyez. Les hommes y vont pour la chasse ; pour sanctionner, surveiller.

M. P. :

À propos du film *Nathalie Granger*, vous avez dit : Ce que je vois avant tout, dans *Nathalie Granger*, avant le film, c'est la maison.

M. D. :

Oui. C'est à force d'y être, peut-être, que la maison m'est apparue comme un contenant. Bon. C'est une vision que je traduis là, pas une idée. On peut voir les maisons comme un lieu où on se réfugie, où on vient chercher un rassurement. Moi, je crois que c'est un périmètre clos sur autre chose que ça aussi. Oui, il se passe autre chose que tout ceci qui est courant, la sécurité, le rassurement, la famille, la douceur du foyer, etc. ; dans une maison, il y a aussi l'horreur de la famille qui est inscrite, le besoin de fuite, toutes les humeurs suicidaires. C'est un tout. C'est curieux, les gens reviennent mourir chez eux, d'habitude, vous voyez. Ils préfèrent mourir chez eux. Dès qu'on est dans un certain marasme on veut rentrer chez soi. C'est un lieu mystérieux, la maison, et... je ne sais pas si dans les villes maintenant on sait ce que c'est. Moi, j'ai découvert la maison avec celle-ci. J'en ai eu une, quand même, en Dordogne, quand j'avais six ans, que ma mère a vendue... Il faut vous dire que j'étais fille de fonctionnaire et que pendant toute mon enfance je n'ai fait que changer de lieu. Quand mes parents changeaient de poste, je changeais de maison. Et ensuite j'ai eu des appartements loués à Paris, et c'est la première fois que j'ai une maison à moi. Et... c'est un petit peu comme si j'y étais née, quand même, ici, je l'ai tellement faite à moi que j'ai le sentiment qu'elle m'appartient depuis... depuis avant moi, depuis avant ma naissance.

Ici, c'était une grange. J'ai bien cherché, et je n'ai trouvé aucune trace d'aucun écrit, d'aucun passage dans la maison. C'est une chose qui m'a beaucoup impressionnée. Aucune photographie, aucune inscription, aucun livre, aucune lettre, rien. Il y a une date sur le mur de l'étang. Je crois que c'est 1875. Mais, dans la terre, on trouve des choses. On a trouvé des clefs et des couteaux, des canifs, voyez, des morceaux de vaisselle. Loin dans la terre, profond. Enfin, c'est toutes les ordures ménagères de deux siècles qui sont là-dedans. Des morceaux de jouets, des morceaux de billes, et aussi des billes entières. Mais, dans la maison elle-même, rien.

M. P. :

Quand vous parlez d'Isabelle Granger, vous dites : Ses déambulations de prisonnière.

M. D. :

Oui, je vois Isabelle Granger comme prisonnière de cette demeure-ci, prisonnière d'elle-même, de sa vie, si vous voulez, de cette espèce de circuit infernal qui va de l'amour de ses enfants à ses devoirs conjugaux, comme on dit, vous voyez, et que c'est tout ça, tout ce contenu justement de sa vie qui est enfermé ici. C'est comme quand elle déambule là, dans la maison, c'est comme si elle passait autour d'elle-même, comme si elle contournait son propre corps. Isabelle Granger m'apparaît comme habitant totalement la maison, comme si elle en épousait même le contour, comme si la maison elle-même avait forme de femme, si vous voulez, tellement je ressens cette adéquation-là, entre cette femme et sa demeure... enfin, ce n'est pas par hasard, c'est sans doute que je l'ai ressenti pour moi avant et, si je veux mettre des femmes dans cette maison tout le temps et rien que des femmes, ce n'est pas non plus par hasard. Ce lieu, c'est un lieu de femmes, pour moi.

M. P. :

Et vous pensez que seule une femme peut habiter un lieu aussi complètement ?

M. D. :

Oui. Seule une femme peut y être à l'aise, peut y adhérer complètement, oui, sans s'y ennuyer. Je pense que je ne traverse jamais cette maison sans la regarder. Et je crois que ce regard-là, c'est un regard féminin. Un homme y rentre le soir, il y mange, il y dort, il s'y chauffe, etc. Une femme, c'est autre chose, il y a une sorte de regard extatique, de regard en soi de la femme sur la maison, et sur sa demeure, et sur les choses, qui sont évidemment le contenant de sa vie, sa raison d'être, pratiquement, même, pour la plupart d'entre elles, que l'homme ne peut pas partager. Je dis à un moment donné que, lorsque Isabelle Granger traverse le parc, ce parc-ci, le fait qu'elle le traverse ne fait, ne vous fait vous poser aucune question. Isabelle Granger est dans le parc, au lieu d'être ailleurs, dans une chambre par exemple, au lieu d'être ailleurs, elle est là. Elle marche très lentement dans le parc, et ça paraît tout à fait naturel. Si un homme faisait ça, si un homme traversait le parc de ce pas-là, avec ce calme, cette quiétude, on n'y croirait pas. On dirait : il réfléchit profondément, parce qu'il a des ennuis en ce moment. On dirait : il fait les cent pas dans le parc. On ne dirait pas qu'il s'y promène. On dirait : il est allé penser. Et les femmes dans les maisons, avant, auraient été inquiètes de voir l'homme comme ça, dans le parc, en proie à ses pensées, comme on disait. Dans *Nathalie Granger*, cette maison, c'est vraiment l'habitat des femmes, c'est la maison des femmes. D'ailleurs, c'est toujours ça, puisque la maison est faite par les femmes. C'est exactement comme le prolétaire : le travail du prolétaire lui appartient, au prolétaire. Les instruments de travail du prolétaire sont le prolétaire. De la même façon, la maison appartient à la femme, la femme est un prolétariat, comme vous le savez, millénaire. Et la maison lui appartient de la même façon qu'au prolétaire les instruments de travail.

M. D. :

Oui, le fait que la femme soit, en elle-même une demeure, la demeure de l'enfant, qu'elle ait ce sens-là de la protection, par son corps, de cet entourement de l'enfant par son propre corps, ce fait-là ne doit pas être étranger à la façon qu'elle a d'être insérée elle-même dans l'habitat, dans sa demeure. C'est sûr.

Je crois qu'il y a une différence essentielle entre une femme qui a eu un enfant et une femme qui n'a pas eu d'enfant. L'accouchement, je le vois comme une culpabilité. Comme si on lâchait l'enfant, qu'on l'abandonne. Ce que j'ai vu de plus proche de l'assassinat, ce sont des accouchements. La sortie de l'enfant, qui dort. C'est la vie qui dort, complètement, dans une béatitude incroyable, et qui se réveille. Peut-être que la maternité est vécue comme ça, en partie. Je crois qu'on sait très peu de choses là-dessus. Les on-dit pullulent, et on est dans le préjugé. C'est vrai, c'est un assassinat. L'enfant est comme un bienheureux. Le premier signe de vie, c'est le hurlement de douleur. Vous savez, quand l'air arrive dans les alvéoles pulmonaires de l'enfant, c'est une souffrance indicible, et, la première manifestation de la vie, c'est la douleur.

M. P. :

C'est le cri.

M. D. :

Plus qu'un cri, vous savez. C'est des cris d'égorgé, des cris de quelqu'un qu'on tue, qu'on assassine. Les cris de quelqu'un qui ne veut pas.

M. P. :

Dans *Nathalie Granger*, quand l'extérieur arrive dans la maison, c'est la violence, c'est la voix de la radio, c'est le crime des Yvelines, c'est la chasse à l'homme dans la forêt de Dreux.

M. D. :

La violence habite la forêt. Dans *Détruire*, la violence doit habiter la forêt mais, dans *Détruire*, quand Alissa et Stein vont s'aimer, eux, ils vont dans la forêt.

M. P. :

Eux ? mais...

M. D. :

Les autres, non. Les autres regardent la forêt, la regardent de loin, mais ils n'y entrent pas. La forêt, c'est la forêt de mon enfance. Je le sais. Toute petite, enfant, j'ai habité des terres près de la forêt vierge, en Indochine, et la forêt était interdite, parce que dangereuse, à cause des serpents, des insectes, des tigres, et tout ça. Et nous, nous y allions quand même ; nous, les enfants, nous n'avions pas peur. Nous, nés là-bas, nous n'avions pas peur de la forêt. Et ma mère, qui était du Nord, qui était européenne, avait peur de la forêt. Du nord du monde, elle était, ma mère. Elle n'avait pas peur de la forêt, en fait. Elle avait peur de cette étrangeté-là, ces tropiques qu'elle découvrait tard dans sa vie. Et nous, on y grouillait comme le reste, voyez-vous. Avec mon petit frère, je l'ai raconté ça, dans le *Barrage contre le Pacifique*, on y était complètement à l'aise. On mangeait les fruits de la forêt, on tuait les bêtes, on allait pieds nus dans les sentiers, on nageait dans les petites rivières, on allait chasser le crocodile, on avait douze ans. Moi, j'avais tout de suite neuf ans. Pendant les siestes, on fuyait, et on allait vers le danger, très naturellement, comme ça. C'est après, après coup, j'ai eu peur de ce que nous avions fait. Donc, la forêt est aux fous, voyez, et dans ma vie elle a été à l'enfance. La forêt où je suis allée étant enfant, elle était pleine d'enfants, également dans la désobéissance. Et dans les terres du *Barrage contre le Pacifique* il y avait beaucoup de mendiants qui allaient sous les vasques de lianes dormir, la nuit. Ils faisaient des feux, ils dormaient là et, quand je parle du nomadisme des juifs dans *Jaune le soleil*, vous savez, de ces feux éteints partout, je pense qu'il y a un lien avec ce que j'ai vécu enfant.

C'est la forêt du voyage, si vous voulez, du vrai voyage. Mais c'est l'enfance, aussi, voyez. Oui. Mais tout le monde n'en a pas peur, de la forêt, dans mes livres. Les enfants de Dreux, ils s'y réfugient. Les petits assassins de seize ans, des Yvelines, se réfugient dans la forêt. La forêt devient dangereuse de leur fait. Les gens ont peur de la forêt, comme ils ont peur de ces jeunes voyous et de toute violence. Mais maintenant j'ai peur de la forêt. Je ne vais plus jamais dans une forêt seule. C'est un lieu, je ne sais pas, c'est un lieu inquiétant, c'est un lieu très, très ancien, et toutes les forêts en principe datent de la préhistoire, c'est des lieux sans doute hantés, d'une certaine façon, je ne refuse pas le mot.

M. P. :

Comme si la forêt était un lieu sacré, dans le sens ancien du mot ?

M. D. :

Oui, vous savez, c'est à la forêt que nous avons

parlé, nous les femmes, les premières, que nous avons adressé une parole libre, une parole inventée ; tout ce que je vous disais de Michelet, que les femmes ont commencé à parler aux animaux, et aux plantes, c'est une parole à elles, qu'elles n'avaient pas apprise, celle-là. C'est parce que c'était une parole libre qu'elle a été punie, c'est que, du fait de cette parole, la femme se désistait de ses devoirs vis-à-vis de l'homme, vis-à-vis de la maison, justement. C'est la voix de la liberté, mais il est normal qu'elle fasse peur.

M. P. :

Oui.

M. D. :

Complètement.

Cris d'enfants, dehors.

C'est la sortie de l'école. On les entend tout le long de la maison. La maison est toute en longueur. Hiver comme été, ça passe, les mômes. En plein hiver je les entends, il est huit heures du matin, huit heures et demi, en pleine nuit, ils jouent.

C'est lié, la forêt et la musique, quelque part. Quand j'ai peur de la forêt, j'ai peur de moi, bien sûr, voyez-vous, j'ai peur de moi depuis la puberté, n'est-ce pas. Dans la forêt avant la puberté, je n'avais pas peur.

Et la musique m'épouvante aussi. Je pense qu'il y a dans la musique un accomplissement, un temps que nous ne pouvons pas actuellement recevoir. Il y a une sorte d'annonciation dans la musique d'un temps à venir où on pourra l'entendre. La musique, ça me... enfin, ça me bouleverse et je ne peux pas l'écouter, alors que je pouvais quand j'étais jeune, quand j'étais ignorante, encore, et naïve, je pouvais écouter de la musique. Maintenant, ça m'est très difficile d'en entendre sans être... enfin... bouleversée... Bien sûr, on ne peut pas parler de la musique, je ne peux pas vous parler de la musique. Elle ne fera plus peur à un moment donné. Pour le moment elle fait peur, comme le futur fait peur. Je pense que des gens comme Bach, par exemple, Bach était sans intelligence de sa propre musique. Quelquefois je le compare à Goya. L'extraordinaire intelligence picturale de Goya ne pouvait s'accompagner que d'une imbécillité dans le vécu. Je ne peux pas concevoir Goya autrement, d'ailleurs sa vie le prouve, c'était un flatteur, il a eu des illusions complètement naïves, enfin, il s'est conduit comme un petit garçon toute sa vie. On ne peut *voir* de cette façon qu'en étant quelque part insensible... On ne peut voir avec cette acuité-là que si cette acuité est sans répercussion. Sans cela, on meurt. Bach serait mort s'il avait su ce qu'il faisait. D'ailleurs, vous savez, il n'a pas dit une seule chose durant sa vie qui mérite d'être retenue. Goya non plus. De tout ce que j'ai fait, de tous les films que j'ai faits, le plan qui me bouleverse le plus, c'est le plan sur la musique, sur l'écriture musicale, sur les partitions, dans *Nathalie Granger.* On a mis une masse de partitions par terre, et la caméra se balade sur les partitions, elle finit, je crois, sur « l'Art de la fugue », sur la couverture de la partition ; elle doit passer très près de la « Chaconne », elle finit sur le plus dur, c'est-à-dire sur « l'Art de la fugue », ou bien peut-être sur les variations Goldberg, je ne sais plus, tandis que l'enfant fait des gammes. Et si vous voulez, ce chemin qu'il y a à parcourir, depuis les gammes de l'enfant, les gammes de l'enfance, ou l'enfance de l'homme, ou l'enfance de l'humanité, jusqu'à ce langage-là que nous ne pouvons pas décrypter, le langage de la musique, ce chemin me bouleverse. Dans *Jaune le soleil*, je compare Bach à un prolétaire. J'ai dit... là... il y a une montagne de ciment et là il y a une montagne de musique... Personne n'a compris... (Rire)... Je l'explique maintenant... Entre la montagne de ciment, ce ciment porté, travaillé par le prolétariat, et la montagne de musique, je vois une équivalence de labeur ; autour des deux montagnes, le ciment et la musique, la même obscurité règne. J'allais dire presque la même surdité.

M. D. :

J'ai écrit une page dernièrement, je parlais de l'humidité du parc, le parc ruisselant de moiteur, etc. Et puis j'ai relu le texte, et j'ai vu que j'avais mis des pluriels. J'avais écrit : les humidités du parc. Alors que j'avais pensé l'humidité du parc. Bien sûr, j'ai laissé le pluriel. C'était un accident de la main. Mais c'était tellement plus juste, dans la multiplicité du parc, des espèces du parc, de parler des humidités, il y avait l'humidité de la terre, l'humidité des arbres, des fruits, de l'eau, de l'air, etc., c'était un pluriel...

En somme, on part avec une méfiance de soi, avec une culpabilité, on part pour écrire avec des petits bagages de quatre sous, que les autres ont ficelés pour vous, on ne part pas dans la liberté. Il faut se faire confiance. Vous faites bien confiance aux autres... vous faites confiance à l'amour... vous faites confiance au désir... et puis, vis-à-vis de vous, vous êtes pleine de méfiance, pourquoi ? ce n'est pas juste. Moi, je me fais confiance comme à une autre. Je me fais complètement confiance.

M. D. :

C'est la pièce de la maison que je préfère ici, à cause de la hauteur peut-être, je ne sais pas. Mais je n'y ai jamais écrit, je n'y ai jamais travaillé. C'est une pièce commune, surtout l'été, tout le monde est là.

Il y a encore des nids d'hirondelle aux angles des grandes poutres, là. On a chassé les hirondelles quand on a habité la pièce. On n'a pas pu les retenir.

Vous avez vu les toiles d'araignée, là, dans la grande salle à manger ? Qu'est-ce que vous voulez faire, je n'ai jamais trouvé un bâton assez haut pour atteindre le haut, alors on les laisse, on s'y habitue. C'est des préjugés aussi, ça, les toiles d'araignée, c'est finalement assez beau avec une certaine lumière.

Tous les étés on coupe la lavande et on la met là. Il y a plusieurs années de lavande là, au-dessus de la porte. C'est à force de regarder le jardin, là, par la porte, là, que j'ai fait *Nathalie Granger. Nathalie Granger*, pour moi, c'est ça, c'est cette transparence-là, la transparence de la pièce en général.

M. D. :

On croit toujours qu'il faut partir d'une histoire pour faire du cinéma. Ce n'est pas vrai. Pour *Nathalie Granger*, je suis complètement partie de la maison. Vraiment, tout à fait. J'avais la maison dans la tête, constamment, constamment, et puis ensuite une histoire est venue s'y loger, voyez, mais la maison, c'était déjà du cinéma.

Dernièrement, il m'est arrivé une chose bizarre. J'étais seule dans la maison. Je venais de laver du linge, dans la petite cuisine qui est au bout là-bas, vers la chambre de la petite fille, c'était très silencieux, c'était au début de l'automne, vers le soir, et il est arrivé une grosse mouche. Elle a tourbillonné longtemps dans l'abat-jour et à un moment donné elle est morte, elle est tombée, morte, et je me souviens avoir noté l'heure de sa mort, il devait être 5 heures 55. J'étais déjà dans le cinéma, j'étais dans un film ; c'était peut-être l'histoire de la mouche ou mon histoire écoutant la mouche, je ne sais pas, mais j'étais quelque part ailleurs en étant là. C'était déjà transporté quelque part ailleurs voyez. On dit sublimé, je crois, les autres.

Oui, pour *L'Après-midi de Monsieur Andesmas*, j'avais vu cette maison au-dessus de Saint-Tropez que m'avait montrée, vers Gassin, un ami à moi qui venait de l'acheter, il m'a montré l'endroit, sur la colline, face à la mer. C'est un endroit qui m'a frappée et pendant six mois je l'ai eu en tête, comme vraiment, voyez, encastré dans la tête, vide pendant six mois, vide, et puis tout d'un coup, il y a quelqu'un qui est arrivé, un très vieil homme, et c'était Monsieur Andesmas. Et j'ai l'impression que si j'attends ici, si je m'enferme ici, des gens vont arriver, ça fera un autre film. Ce n'est pas raisonnable, je ne peux pas en faire six ou sept comme ça à la file. C'est ce que les gens me disent. Mes amis me disent : Tu ne vas pas recommencer encore avec... avec cette maison... Je ne sais pas de quoi partent les gens. Quand ils partent d'une histoire, je me méfie, d'une histoire faite, toute faite, voyez, déjà avant d'écrire, avec un commencement, un milieu, une fin, des péripéties, je me méfie ; je ne sais jamais très bien où je vais ; si je savais, je n'écrirais pas, puisque c'est fait, ce serait fait ; je ne comprends pas comment on peut écrire une histoire déjà explorée, inventoriée, recensée, voyez, ça me semble d'une tristesse, je dois dire aussi d'une indigence... enfin... il ne s'agit sans doute pas de la même écriture. J'ai tort sans doute en ce moment quelque part.

Marguerite Duras vient s'asseoir au piano.

M. D. :

Les comédiens de *Nathalie Granger* voulaient marcher, enfin voulaient un rythme pour toujours marcher dans la maison, du même pas. Et finalement, ce pas, c'était quelques arpèges que j'avais joués au piano et qui petit à petit se sont transformés et sont devenus la musique du film. Ce qui était pour le travail, vraiment, uniquement utilitaire est devenu la musique du film. J'ai touché des droits sur cette musique. *(Rire.)*

Elle joue quelques notes de Nathalie Granger.

À l'origine, c'était ça.

Elle joue un exercice de piano pour enfants.

Je vois Jeanne marcher dans les couloirs quand j'entends ça. Jeanne Moreau. C'est un très vieux piano. On ne peut même plus l'accorder. Il est tellement usé, mais on l'adore. Je ne joue pas, moi, très peu, mais mon fils joue un peu, son père joue beaucoup et des amis viennent jouer. Et enfin on s'amuse beaucoup avec le piano, on joue à quatre mains jusqu'à trois heures du matin. J'aime bien cette pièce, parce qu'elle est complètement transparente, et puis elle est au bout de la maison, c'est la dernière, elle est très isolée.

Je peux vous reproduire l'air d'*India Song.*

*Elle joue l'air d'*India Song.

Mais c'est aussi ça, ne pas être coupé du piano. C'est pouvoir le toucher même d'une main.

Bon, c'est vrai, c'est toujours une douleur d'entendre bien jouer, pour moi ; quand les gens jouent très bien, je suis à la fois enchantée, éblouie et au désespoir.

On est allé jusque-là dans *Nathalie...*

Elle joue l'air de Nathalie Granger.

Sur le plan de la chambre avec les jouets de l'enfant... On entend le bruit des touches, le bois.

Elle joue d'une main le début d'une fugue de Bach.

Les gens vont croire que je joue, mais je ne joue pas. Vous entendez encore ?

Elle écoute la résonance, longtemps.

On entend la suite de la fugue, sur le générique de Fin.

2

M. D. :
Là, j'ai dix-huit ans.

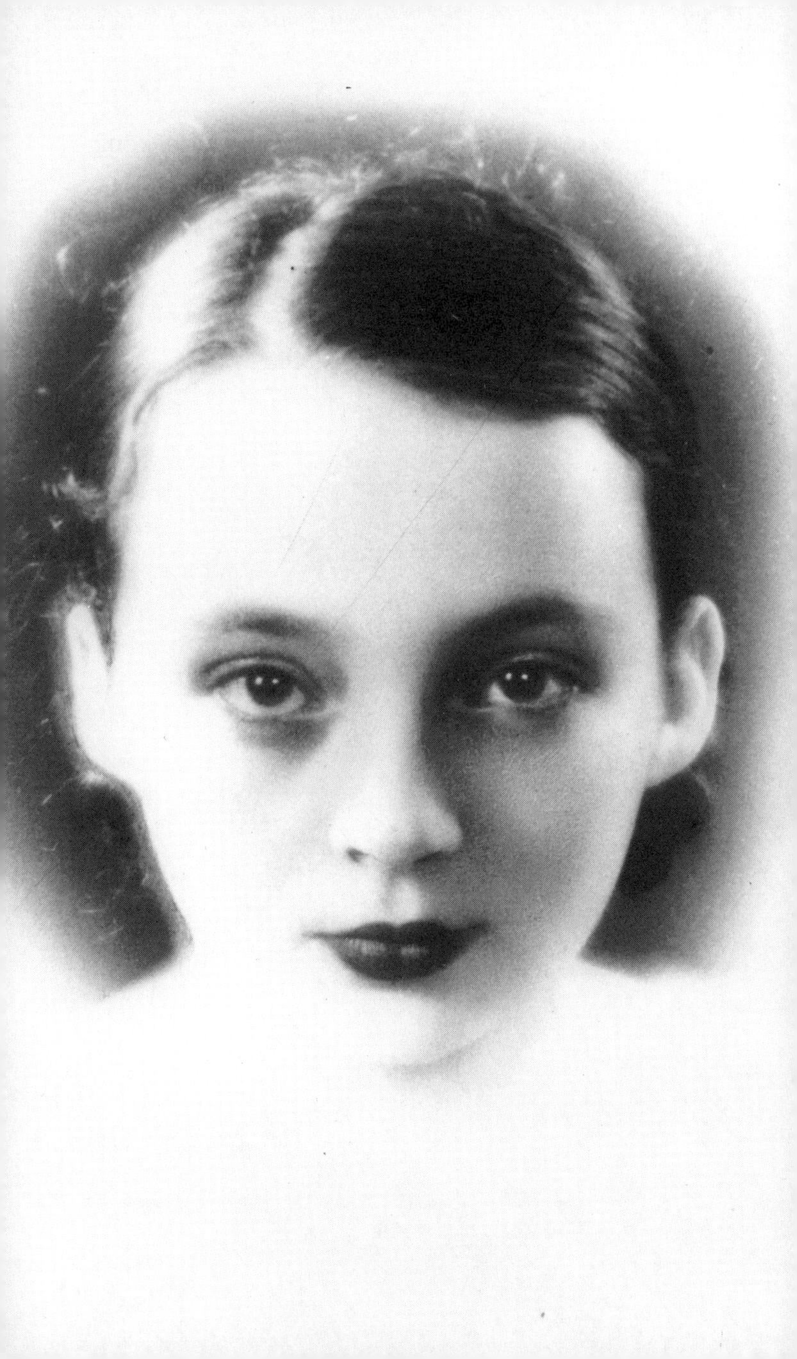

– Là, seize ans. C'est à Sadek le long du Mékong. La robe était verte.

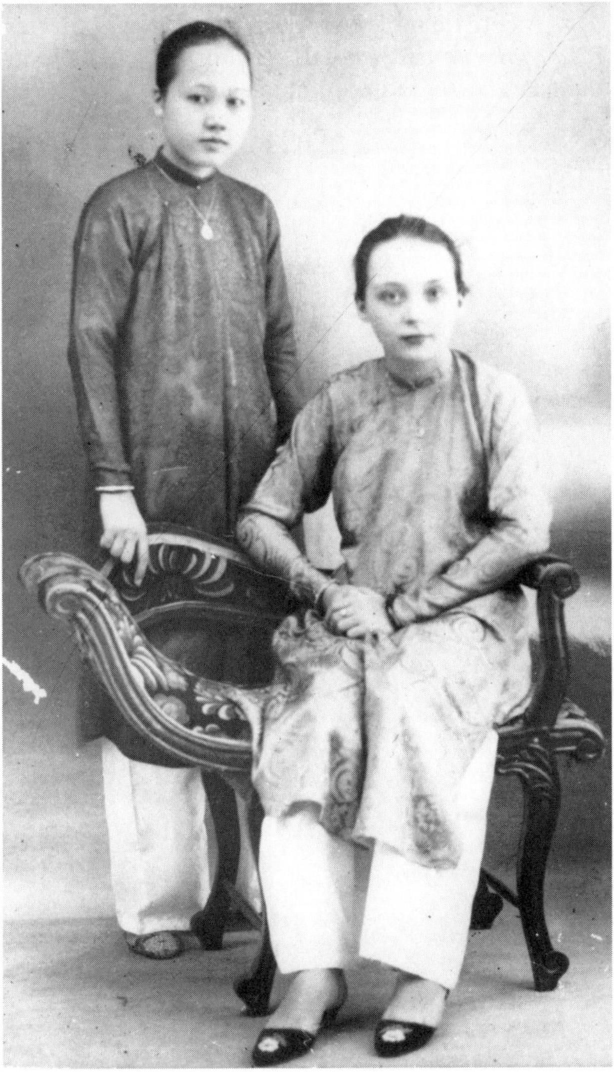

– À côté de moi, c'est mon frère, Joseph du *Barrage contre le Pacifique.* Il est mort très jeune pendant la guerre, faute de médicaments.

– Mon père, je ne l'ai pas connu. Il est mort, j'avais quatre ans. Il a fait un livre de mathématiques sur les fonctions exponentielles, que j'ai perdu. Tout ce qui me reste de lui, c'est cette photographie et une carte postale écrite par lui à ses enfants avant de mourir.

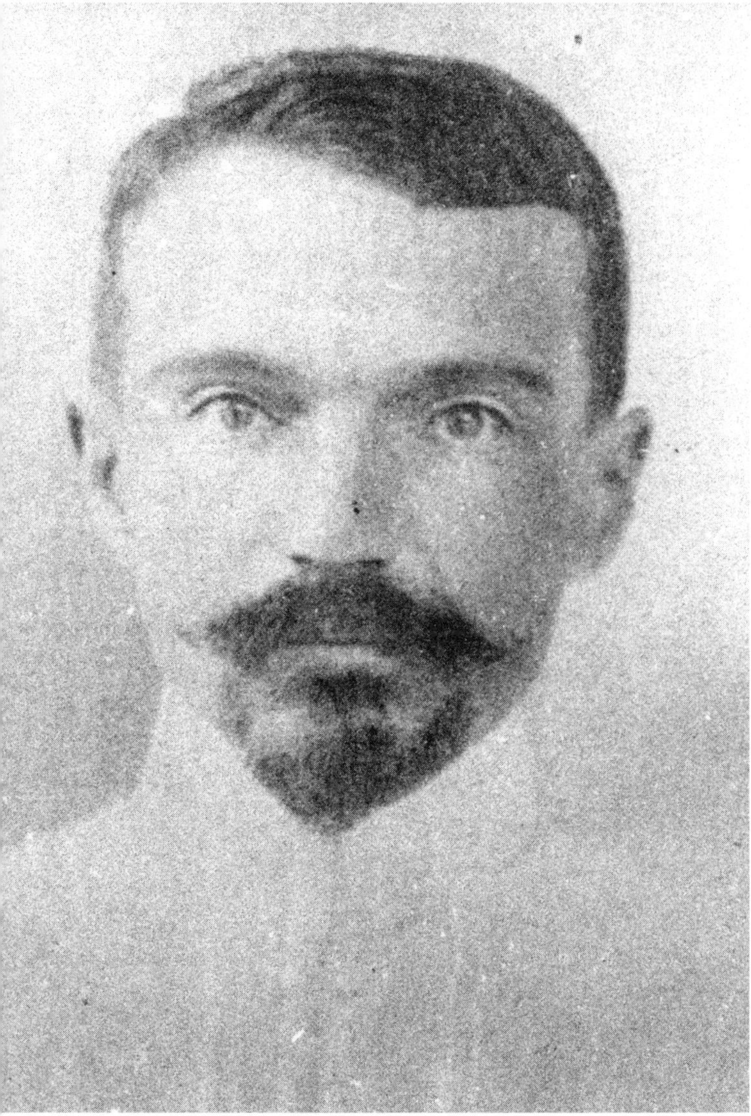

– Ma mère.

Vu pour certification de la
photo de Mme Donnadieu
Institutrice de Cochinchine
Le Directeur de l'Enseignement
Saïgon le 3 Mai 1915
ENSEIGNEMENT

– J’avais deux frères.

– Ça, c'est une calèche dans laquelle on sortait le soir à Vinh-Long. Je me souviens, on passait près d'un lazaret et ensuite on traversait des rizières et on revenait par les rives du Mékong. La nuit venait quand on rentrait.

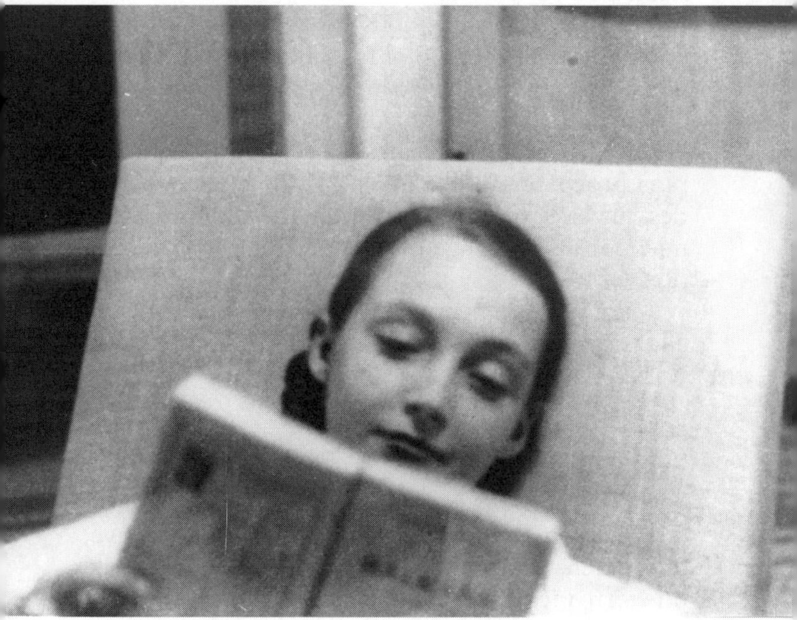

M. P. :

Marguerite, vous me disiez un jour que votre mère était plus près de n'importe quelle paysanne vietnamienne que des femmes de la société blanche.

M. D. :

Oui. D'abord, c'était une paysanne, elle, elle était d'origine paysanne, elle avait été une paysanne. Elle avait fait l'école normale d'institutrices étant boursière, mais ses parents étaient fermiers dans le Nord. Et ensuite, du fait que nous étions très très pauvres et qu'elle avait un emploi tout à fait parmi les derniers là-bas, voyez – avec les douaniers, les postiers, c'étaient les instituteurs des écoles indigènes qui étaient les derniers Blancs –, elle était beaucoup plus proche des Vietnamiens, des Annamites, que des autres Blancs. Je n'ai eu que des amies vietnamiennes jusqu'à l'âge de quatorze ans, quinze ans, oui.

Au bout de vingt ans de fonctionnariat, de travail, elle a acheté un lotissement au Cambodge vers Kampot.

M. P. :

Une concession ?

M. D. :

Ce qu'on appelle une concession, oui. Et on lui a donné, on a vu cette femme arriver seule, veuve, sans défenseur, complètement isolée et on lui a collé une terre incultivable. Elle l'ignorait complètement, qu'il fallait soudoyer les agents du cadastre pour avoir une terre cultivable. On lui a donné une terre, ce n'était pas une terre, c'était une terre envahie par l'eau pendant six mois de l'année. Et elle a mis là-dedans vingt ans d'économies. Elle a donc fait

construire ce bungalow, elle a semé, elle a repiqué le riz, au bout de trois mois le Pacifique est monté et on a été ruinés. Et elle a failli mourir, elle a déraillé à ce moment-là, elle a fait des crises épileptiformes. Elle a perdu la raison. On a cru qu'elle allait mourir. Je crois que c'était de colère à vrai dire qu'elle voulait mourir, qu'elle était en train de mourir, après que les barrages se sont écroulés. De colère. D'indignation. Évidemment, ça nous a terriblement marqués. Je ne peux même pas encore en parler calmement, voyez. Elle a porté plainte, elle s'est révoltée, mais la concussion était terrible à ce moment-là et on s'est aperçu que tous les agents, depuis les agents du cadastre jusqu'à l'administrateur général de la colonie, tout le monde touchait de l'argent. C'est-à-dire que les pots-de-vin étaient répartis sur toute la hiérarchie des fonctionnaires, donc les plaintes tombaient à l'eau, elles finissaient dans les tiroirs. Et elle est morte sans avoir gagné – oui, l'injustice a été accomplie totalement.

Il y avait cette espèce de plaine qui était encore assez élevée, une sorte de plateau et au nord il y avait la chaîne de l'Éléphant, et au sud c'était cette espèce de pays où il n'y avait plus de village, plus d'habitation, un pays d'eau, de marais. Avec, en bordure de mer, les forêts de palétuviers, qui étaient seules à émerger sur des centaines d'hectares à la saison des hautes eaux. Et c'est quand même l'enfance, enfin, pour moi c'est ça, ce sont ces années passées là avec mon jeune frère, celui qui s'appelle Joseph dans le livre. J'avais deux frères. Le premier, on a été peu ensemble étant enfants : comme ma mère ne pouvait pas nous élever tous les trois après la mort de mon père, l'aîné était resté en France pour faire – je me souviens – une école d'électricité. Elle avait gardé les deux petits avec elle. Vous comprenez, elle était tellement en proie au désespoir, c'était tellement abominable ce qu'elle vivait, qu'elle était occupée par ce désespoir et que nous étions d'une liberté totale, je n'ai jamais vu des enfants aussi libres que nous, que nous sur les terres du barrage, mon frère et moi. Elle n'avait pas le temps de s'occuper de nous, elle ne pensait plus à ses enfants, je crois, alors on se sauvait, on restait partis des journées entières, pas dans les arbres (*rire*) mais dans la forêt et sur les rivières, sur les racs, ce qu'on appelle les racs, ces petits torrents qui descendent vers la mer. On chassait. Ça fait des enfances très différentes de celles d'ici. On était plus des Vietnamiens, vous voyez, que des Français. C'est ça que je découvre maintenant, c'est que c'était faux, cette appartenance à la race française, à la, pardon, à la nationalité française. Nous, on parlait le vietnamien, comme des petits Vietnamiens, on ne mettait jamais de souliers, on vivait à moitié nus, on se baignait dans la rivière, ma mère, elle, bien sûr non, elle n'a jamais parlé le vietnamien, elle n'a jamais pu l'apprendre, c'est très difficile. J'ai passé mon bac avec le vietnamien. En somme, un jour, j'ai *appris* que j'étais française, voyez... Ma mère nous répétait souvent : « Vous qui êtes Français », etc. Un jour, elle est allée à Saigon, elle a ramené des pommes reinettes, je ne sais pas comment on les appelle, ces pommes rouges ?

M. P. :

Je ne sais pas.

M. D. :

Et elle nous a forcés à en manger. On ne pouvait pas les avaler, on disait que c'était du coton, que ça ne se mangeait pas, on ne pouvait pas manger de la nourriture française. J'ai fait une sorte d'anorexie quand j'avais dix ans, à Pnom-Penh, on me forçait à manger des biftecks, je vomissais les biftecks ; on était de là-bas, de la brousse, vraiment. Oh, ça doit se produire souvent : vous êtes dans un milieu, dans un espace donné, vous êtes né dans le milieu, vous parlez le langage du milieu, etc. – les premiers jeux étaient des jeux d'enfants vietnamiens, avec des enfants vietnamiens – et puis on vous apprend que vous n'êtes pas Vietnamien, et qu'il faut cesser de voir des petits Vietnamiens parce que c'est pas des Français et qu'il faut mettre des souliers, qu'il faut manger des steaks-frites et puis pas se conduire aussi mal, quoi. C'est très tard que je me suis aperçue de ça, peut-être maintenant, voyez-vous. J'ai vécu aussi beaucoup à Sadec et à Vinh-Long.

M. P. :

Près du Mékong ?

M. D. :

Oui, sur le Mékong. C'est des postes blancs, des postes avec des rues perpendiculaires et des jardins, des grilles et puis le fleuve, le cercle français, les tennis, et Anne-Marie Stretter sans doute oui, à Vinh-Long, cette femme de l'administrateur général.

Voix 1

Un jour, une chaloupe ministérielle s'arrête. Monsieur Stretter est en inspection des postes du Mékong.

Voix 2

Il l'enlève de Savannakhet ?

Voix 1

Oui. L'emmène.
L'emmène pendant dix-sept ans dans les capitales asiatiques.

Voix 1

On la trouve à Pékin.
Et puis à Mandalay.
À Bangkok.
On la trouve à Bangkok.
À Rangoon. A Sydney.
On la trouve à Lahore.
Dix-sept ans.
On la trouve à Calcutta.
Calcutta :
Elle meurt.

(India Song)

M. D. :

Je ne sais même pas si ce n'était pas son vrai nom, Stretter, je crois ne pas l'avoir inventé, ce nom. Ou bien je l'ai déformé, voyez, ou bien c'était bien ce nom-là, Stretter. C'était une femme rousse, je me souviens, qui ne se fardait pas, qui était très pâle, très blanche, et qui avait deux petites filles.

M. P. :

Vous la connaissiez ?

M. D. :

Jamais je ne lui ai parlé.

Voix d'homme

Qu'elle est blanche.
Qu'elles sont blanches les femmes de Calcutta.
Pendant six mois ne sortent qu'avec le soir, fuient le soleil.
On la dirait prisonnière d'une sorte de souffrance.
Personne ne sait très bien ce qui se passe derrière ces murs... ce qu'elle fait.

(India Song)

M. D. :

C'est loin, je ne sais plus très bien, je la voyais passer le soir dans son automobile avec son chauffeur. Avec la fraîcheur, elle sortait.

C'est peu après son arrivée qu'on a appris qu'un jeune homme s'était suicidé, par amour pour elle, par amour d'elle. Je me souviens du bouleversement que ça a provoqué en moi, je ne comprenais plus rien. Le choc, qui a été très fort, quand j'ai appris cette nouvelle, venait du fait que cette femme n'était pas apparemment une femme coquette, une femme mondaine ; elle avait quelque chose d'invisible, c'était le contraire d'une femme qui se remarque, elle était très silencieuse, on ne lui connaissait pas d'amis et elle se promenait toujours seule ou bien avec ses deux petites filles comme dans le livre, *Le Vice-consul.* Et puis tout à coup on a appris cette nouvelle. Si vous voulez, elle a incarné pour moi longtemps une sorte de double pouvoir, un pouvoir de mort et un pouvoir quotidien. Elle élevait des enfants, elle était la femme de l'administrateur général, elle jouait au tennis, elle recevait, elle se promenait, etc. Et puis elle recelait en elle ce pouvoir de mort, de prodiguer la mort, de la provoquer. Quelquefois je me dis que j'ai écrit à cause d'elle.

M. P. :

Dans *India Song*, c'est votre fascination qu'on subit ?

M. D. :

Ce qui est mis en scène, c'est ma fascination, l'amour que j'ai d'elle. Je me demande si l'amour que j'ai d'elle n'a pas toujours existé. Si le modèle parental ça n'a pas été elle, la mère de ces deux petites filles, Anne-Marie Stretter, non pas ma mère, voyez, que je trouvais trop folle, trop exubérante, et qui l'était d'ailleurs. C'était ce pouvoir secret. Il fallait receler un pouvoir secret pour avoir cette force, dans la vie. Je pense que c'était ça, elle, Anne-Marie Stretter, le modèle parental pour moi, le modèle maternel, ou plutôt le modèle féminin ; elle ne m'apparaissait pas comme maternelle, elle était avant tout une femme adultère, voyez, non pas la mère des petites filles.

Anne-Marie Stretter :

Vous savez, presque rien n'est... n'est possible aux Indes... C'est ce que l'on peut dire...

Le jeune attaché :

Vous parlez de quoi ?

Anne-Marie Stretter :

Oh... de rien... de ce découragement général...

Ce n'est ni pénible ni agréable de vivre aux Indes. Ni facile ni difficile. Ce n'est rien... vous voyez... rien.

Le jeune attaché :

Vous voulez dire que c'est impossible ?

Anne-Marie Stretter :

C'est-à-dire... Peut-être... oui...

Mais à ce point, vous voyez, c'est sans doute une simplification...

(India Song)

M. D. :

Elle parle des Indes. Oui tout vient peut-être de là. Elle ne dit plus rien, c'est-à-dire elle n'est plus préoccupée à son propos, elle n'a plus vraiment de préoccupations personnelles, de problèmes, je crois que c'est ça ; elle a mille ans, Anne-Marie Stretter, elle a vécu mille ans. Cette souveraineté de la femme, ça vient de là. Les hommes l'atteignent rarement. Parce qu'il y a deux fois le silence en elle, il y a le silence de la femme, et il y a le silence qui vient de sa vie, à elle, de sa personne. C'est ce double, c'est la conjugaison de ces deux silences, peut-être, Anne-Marie Stretter, sans doute même ; je me demande si les autres femmes de mes livres ne l'ont pas masquée longtemps, si derrière Lol V. Stein il n'y avait pas Anne-Marie Stretter, parce qu'il n'y a pas de raison, cette fascination dure toujours, je ne m'en sors pas, c'est une véritable histoire d'amour.

Mes films et mes livres sont des histoires d'amour avec elle depuis quelques années. Pas constamment ; il y a des moments où je ne m'en occupe pas, pendant que je fais les autres films je ne m'en occupe pas, mais elle est quand même toujours là.

M. D. :

Au milieu de l'image, en plein milieu de l'image, il y a ce que j'ai appelé l'autel, à la mémoire d'Anne-Marie Stretter. C'est un double lieu. C'est le mien, c'est-à-dire celui de ma douleur, la douleur de ne pas pouvoir la sortir de la mort, mort provoquée par moi, et c'est le lieu de mon amour d'elle. Et cet autel est entretenu de l'extérieur – objectif. Un domestique vient et rallume l'encens et renouvelle les roses. C'est un autel, et Delphine Seyrig vient et regarde la photographie d'une femme morte, et même dans le script, à un moment donné, on dit : Elle va vers la photographie comme si elle était regardée par cette photographie ; je vois un double regard, on ne se rapproche jamais de la photo de la morte de très près, elle reste peu lisible.

M. P. :

Dans tous vos films, les miroirs jouent un grand rôle ?

M. D. :

Oui, c'est comme des trous dans lesquels l'image s'engouffre et puis ressort : je ne sais jamais où elle va ressortir, j'ai l'impression que Delphine est avalée et puis elle revient, elle revient ou elle ne revient pas, mais c'est d'une extrême jouissance, ça, l'apparition de Delphine si loin – on peut éloigner l'image à l'infini dans un miroir –, elle arrive comme du bout du cinéma, j'allais dire du bout du monde, mais c'est du bout du cinéma, quand elle rentre dans le miroir.

M. P. :

Le miroir n'est-il pas là comme pour sauvegarder une distance, une distance qui n'existe plus ?

M. D. :

Oui, ou bien une mise en doute.

M. P. :

De la présence réelle ?

M. D. :

Oui, de la présence réelle et de la parole.

Je ne sais pas si le vice-consul dit : « Calcutta est devenu pour moi une forme de l'espoir » à Anne-Marie Stretter, à la personne d'Anne-Marie Stretter ou à l'emblème, ou bien à la portée emblématique d'Anne-Marie Stretter ; je pense que c'est ça, il y a une extension du champ, voyez, du champ de la parole. La parole ne s'adresse plus au sujet présent seulement.

M. D. :

Je pense qu'Anne-Marie Stretter a dépassé l'analyse, voyez, la question. Elle a dépassé tous les préjugés à propos de l'intelligence ou de la connaissance, de la théorie. C'est un désespoir, il s'agit là d'un désespoir universel, qui rejoint au plus près un désespoir politique profond, et qui est vécu comme tel, avec calme. J'ai dit qu'elle était Calcutta, je la vois comme Calcutta. Elle devient Calcutta, il y a un double glissement, Calcutta va vers la forme d'Anne-Marie Stretter et elle va vers la forme de Calcutta. Et pour moi à la fin du film elles ne font qu'un.

Je ne dis pas que c'est une femme libérée, je dis qu'elle est sur une voie très sûre de la libération, une voie très personnelle, individuelle, de la libération. C'est en embrassant le plus général du monde, si vous voulez, la généralité du monde, qu'elle est le plus elle-même. C'est en étant le plus largement ouverte à tout, à Calcutta, à la misère, à la faim, à l'amour, à la prostitution, au désir, qu'elle est le plus elle-même. C'est ça, Anne-Marie Stretter. Quand je dis : « La prostitution », je veux dire : la prostitution en passe par elle, comme la faim, comme les larmes, comme le désir ; c'est une forme creuse et qui reçoit, les choses se logent en elle, c'est ce que j'appelle la libération d'Anne-Marie Stretter. Sans doute, vous savez, je suis là dans un terrain qui est très peu sûr, il est possible que je ne sache jamais pourquoi elle me retient comme ça. C'est un engouffrement, d'un désir dont on ignore quelquefois l'existence. Elle est plus mon désir que ce que je croyais être mon désir, elle répond plus que je ne questionne, si vous voulez. Parce qu'elle répond complètement.

M. D. :

Ce lieu-là a marqué tout le tournage d'*India Song*. Si Delphine Seyrig n'a pas joué le rôle d'Anne-Marie Stretter, mais simplement l'a figuré, c'est à cause du lieu. Le décalage entre une véritable ambassade, une ambassade plausible, comme on l'aurait trouvée dans le commerce du cinéma et cette ambassade-là, cet hiatus-là a marqué tout le film, il est dans tout le film. Je pense que c'est la fin du monde, oui, je pense qu'*India Song* est aussi un film sur la fin du monde. Je pense qu'on est là dans la fin du monde.

M. P. :

Vous voulez dire la fin d'un certain monde, enfin, comme l'agonie d'une certaine société, ou plus ?

M. D. :

Plus. Je dis que la fin du monde arrivera lorsqu'il n'y aura plus sur terre que ces deux blocs monolithiques de la Russie et de l'Amérique qui se regarderont dans un désert. Qu'elle correspond à la connerie monumentale que ça représente, vous voyez. Qu'est-ce qu'il restera à faire ? Je pense à notre disparition, à la disparition de l'Europe. Ce n'est pas seulement la mort de l'histoire qui est écrite dans *India Song*, qui est dite dans *India Song*, c'est la mort de notre histoire. Parce que l'adhésion immédiate que j'ai eue à ce château Rothschild était telle que je n'aurais pas pu tourner ailleurs, j'aurais plutôt renoncé au film que d'y renoncer. Cette adhésion immédiate, elle ne peut pas seulement s'expliquer à partir d'un lieu de fiction. Autre chose parlait là. J'avais trouvé le lieu pour dire la fin du monde. Le colonialisme, ici, c'est un détail, le colonialisme, la lèpre et la faim aussi. Je crois qu'ici la lèpre a gagné plus loin et la faim aussi. La faim, elle est aussi à venir, voyez, dans *India Song*, elle vient.

La mort est partout dans *India Song.* Partout, dans le soleil qui se couche, dans la lumière, c'est toujours le soir, toujours la nuit, dans les formes, dans la réception qui est complètement moribonde. Ce qui meurt d'Anne-Marie Stretter, c'est l'accidentel d'elle-même, voyez, et je crois que morte elle restera toujours là, très présente. Et je pense, il serait pensable qu'une autre femme vienne et prenne le relais de celle-ci. Sauf la magie du nom, elle jouerait le même rôle. Mais enfin je ne peux pas encore en concevoir une autre. C'est comme au sortir d'un amour : on ne peut pas entrer comme ça dans un autre amour, ce n'est pas possible.

M. P. :

Et Anne-Marie Stretter, quand elle se suicide ? C'est dans la mer qu'elle se suicide ?

M. D. :

Oui, mais c'est, je ne sais pas si c'est un suicide. Elle rejoint comme une mer... elle rejoint la mer indienne, comme une sorte de mer matricielle. Quelque chose se boucle avec sa mort. Elle ne peut pas faire autrement. Je pense que c'est un suicide complètement logique, qui n'a rien de tragique. Elle ne peut pas vivre ailleurs que là et elle vit de cet endroit-là, elle vit du désespoir que sécrète chaque jour l'Inde, Calcutta, et de même elle en meurt, elle meurt comme empoisonnée par l'Inde. Elle pourrait se tuer autrement, mais non, elle se tue dans l'eau, oui, dans la mer indienne.

Où est-ce ? Un quai de douane de là-bas, de la Mésopotamie du Gange, perdu ici, à S. Thala ?

Ces villas résidentielles, closes, blanches, celles du quartier anglais de Calcutta ?

Ces nuages, ceux d'une mousson qui avance, continent flottant, pour aller crever sur le Népal ?

C'est ça : là-bas a glissé. Il est ici. Nous avons pénétré dans le lieu vidé de l'amour.

(La Femme du Gange)

M. D. :

J'ai écrit *Lol V. Stein* ici, dans cet immeuble-là, et c'est après coup que ce lieu où j'ai écrit le livre est devenu un lieu du livre. *L'Amour*, qui fait partie du *Ravissement de Lol V. Stein* a été tourné ici.

Je me demande si ce n'est pas le sable, la plage, le lieu de S. Thala, plus encore que la mer ; les marées formidables d'ici ; à marée basse, on a trois kilomètres de plage, comme des contrées, des pays de sable, complètement interchangeables ; le pays de personne, voyez, sans nom.

Le Voyageur :
Où est-on ?
La Femme :
Ici, c'est S. Thala jusqu'à la rivière.
Le Voyageur :
Et après la rivière ?
La Femme :
Après la rivière, c'est encore S. Thala.

(La Femme du Gange)

M. D. :

Donc c'est un matériau uniforme. Je pense que c'est le sable, et les gens de *La Femme du Gange* habitent les sables. Ils déambulent là, toute la journée, dans les sables et la nuit. C'est l'annulation totale de l'habitat. Ils n'habitent pas. Et la déambulation dans les sables, c'est la déambulation pure, animale.

J'ai toujours été au bord de la mer dans mes livres, je pensais à ça tout à l'heure. J'ai eu affaire à la mer très jeune dans ma vie, quand ma mère a acheté le barrage, la terre du *Barrage contre le Pacifique* et que la mer a tout envahi, et qu'on a été ruinés. La mer me fait très peur, c'est la chose au monde dont j'ai le plus peur... Mes cauchemars, mes rêves d'épouvante ont toujours trait à la marée, à l'envahissement par l'eau.

Les différents lieux de Lol V. Stein sont tous des lieux maritimes, c'est toujours au bord de la mer qu'elle est, et très longtemps j'ai vu des villes très blanches, comme ça, blanchies par le sel, un peu comme si du sel était dessus, sur les routes et les lieux où se déplace Lola Valérie Stein. Et c'est après coup que j'ai compris que c'étaient des lieux, non seulement marins mais relevant d'une mer du Nord, de cette mer qui est la mer de mon enfance aussi, des mers... illimitées.

M. P. :

Mais ce nom de S. Thala ?

M. D. :

(*Sourire.*) C'est très tard, oui, c'est très tard que je me suis aperçue que ce n'était pas S. Thala, mais Thalassa.

M. P. :

Ce n'était pas voulu, en l'écrivant ?

M. D. :

Non, absolument pas. Mais vous savez, j'ai fait *Hiroshima, mon amour,* il y a... il y a seize ans maintenant et je me suis aperçue il y a deux ans peut-être que Nevers, Nevers en France, c'était *never*, « jamais », en anglais. Je me joue des tours comme ça souvent, c'est bizarre. Dans *L'Amante anglaise*, je parle toujours des plantes qui poussent dans les sables, dans les îles de sable, où il y a des moutons, vous savez, et je me suis aperçue il y a très peu de temps que ce sable – elle parle toujours du sable, cette folle de *L'Amante anglaise* –, eh bien, le sable, c'est le temps... Ça me fait plaisir quand je découvre ça, les choses que je n'ai pas voulues, ces accidents, si vous voulez.

M. P. :

La mer est complètement présente dans *La Femme du Gange*, c'est comme la respiration du film.

M. D. :

Oui, ils sont du côté de la mer, ils marchent ou ils avancent avec la mer. Leurs mouvements sont des mouvements de marée. Ils sont face à la ville et la ville se présente comme monolithique, comme un bloc. Ils ne s'ennuient pas. Ils marchent avec intérêt. Leur regard, c'est un regard pur, un regard sans aucun support : regarder la mer, c'est regarder le tout. Et regarder le sable, c'est regarder le tout, un tout.

M. P. :

C'est un peu comme la mer, c'est un mouvement incessant ? Quand le film s'arrête, le film pourrait continuer – enfin, le film continue ?

M. D. :

Oui... Mais il a commencé aussi avant le film. Ils sont là depuis très longtemps lorsque le film arrive, et ils sont là encore... enfin, ils sont encore là pour moi alors que le film est fini. Quand je pense à *La Femme du Gange*, ils sont là, ils sont encore dans cette marche incessante, ils sont en train de parcourir les étendues de sable.

L'Histoire. Elle commence.

Elle a commencé avant la marche au bord de la mer, le cri, le geste, le mouvement de la mer, le mouvement de la lumière.

Mais elle devient maintenant visible.

C'est sur le sable que déjà elle s'implante, sur la mer.

(L'Amour)

M. D. :

La Femme du Gange est un film qui a compté pour moi de façon énorme. Peut-être encore plus que les autres, peut-être encore plus qu'*India Song*, parce que je crois qu'*India Song* était, dans *La Femme du Gange*, en puissance d'être trouvé. C'est-à-dire, c'était dans *La Femme du Gange*, mais il fallait le désensabler, justement, le sortir des sables. Mais c'était là. Tandis que *La Femme du Gange...* je crois qu'il n'y avait rien avant, enfin, en moi, vous voyez. J'ai l'impression quelquefois que j'ai commencé à écrire avec ça, avec *Le Ravissement de Lol V. Stein*, avec *L'Amour* et *La Femme du Gange.* Mais que l'écriture, l'amplitude de l'écriture a été atteinte avec le film, que *Lol V. Stein*, c'était un moment de l'écrit, *L'Amour* aussi, mais qu'avec *La Femme du Gange* tout a été mélangé, comme si j'avais remonté le temps, que j'étais arrivée dans ce périmètre d'avant les livres. J'étais folle quand j'ai monté *La Femme du Gange.* Quand j'ai trouvé les voix de *La Femme du Gange*, j'étais folle d'angoisse. Mais c'est un lieu de l'angoisse ici, c'est peut-être mon lieu.

C'est aussi comme si tout était écrit, comme si *La Femme du Gange* faisait un texte, mais qu'il fallait décrypter. Tandis qu'ils marchent au bord de la mer, c'est écrit, c'est écrit, mais moi, je n'en ai pris qu'une part, voyez-vous, quand j'ai écrit vraiment *La Femme du Gange* ou *L'Amour.* Tandis que, dans le film, c'est totalement écrit, même les moments de déambulation silencieuse sont des moments écrits, peut-être pas lisibles, mais écrits. Alors que, dans l'écriture, à proprement parler, il n'y a qu'une partie de cet écrit-là qui passe, comme si on ne pouvait écrire complètement qu'en dépassant, bien sûr, le langage, ou l'écriture proprement dite.

La mer est complètement écrite pour moi. C'est comme des pages, voyez, des pages pleines, vides à force d'être pleines, illisibles à force d'être écrites, d'être pleines d'écriture.

En somme, oui, ça pose la question du cinéma, là, de l'image. On est toujours débordé par l'écrit, par le langage, quand on traduit en écrit, n'est-ce pas ; ce n'est pas possible de tout rendre, de rendre compte du tout. Alors que dans l'image vous écrivez tout à fait, tout l'espace filmé est écrit, c'est au centuple l'espace du livre. Mais je n'ai découvert ça qu'avec *La Femme du Gange*, pas avec les autres films.

M. P. :

Pas avant *La Femme du Gange ?*

M. D. :

Non. Même pas avec *Hiroshima, mon amour,* qui est, apparemment, très écrit, presque bavard, voyez-vous. Oui, c'est un peu bavard, *Hiroshima.*

La Femme du Gange, non. L'écrit n'est pas bavard. Ce qui est bavard, c'est la parole parlée. La parole écrite ne l'est jamais. Mais il y a quatre-vingt-dix pour cent de livres qui sont de la parole parlée. On sent bien d'ailleurs ce seuil, qu'on passe de certains livres à d'autres, de certains films à d'autres.

Le Voyageur, de dos, regarde fixement vers un certain point des sables. La rumeur de la mer prise entre les murs, résonne.

Voix 1 :
Moi aussi, il me vient quelquefois une autre mémoire...

(Silence.)

Voix 2 :
Il y a des gens, on dirait...
Voix 1 :
Non... c'est seulement le sable... la mer...
Ce n'est rien...

(Silence.)

Voix 1 :
Aujourd'hui l'air sent le sel, l'iode... Vous ne trouvez pas ?
Voix 2 :
Oui.
Voix 1 :
Quel désir impossible, terrible... Quel amour.
Le Voyageur regarde toujours.
Voix 1 :
Avez-vous encore cette envie de mourir ?
Voix 2 :
Oui.
Et puis j'oublie...
Je regarde...

(La Femme du Gange)

M. D. :

Dans mon cinéma, bien sûr, je ne fais aucun mouvement. Dans mes livres non plus, il y a de moins en moins de mouvements de style, je reste au même endroit. J'écris et je filme au même endroit. Quand je change d'endroit, c'est la même chose. Je peux m'en expliquer pour le cinéma ; il y a beaucoup de choses que je peux expliquer pour le cinéma, pas du tout pour l'écrit, voyez ? Et... où ça reste très obscur pour moi, l'écrit. Dans le cinéma, comme j'ai une sorte de dégoût du cinéma qui a été fait, enfin de la majeure partie du cinéma qui a été fait, je voudrais reprendre le cinéma à zéro, dans une grammaire très primitive... très simple, très primaire presque : ne pas bouger, tout recommencer.

En tout cas, le cinéma que je fais, je le fais au même endroit que mes livres. C'est ce que j'appelle l'endroit de la passion. Là où on est sourd et aveugle. Enfin, j'essaie d'être là le plus qu'il est possible. Tandis que le cinéma qui est fait pour plaire, pour divertir, le cinéma... comment l'appeler, je l'appelle le cinéma du samedi, ou bien le cinéma de la société de consommation, il est fait à l'endroit du spectateur et suivant des recettes très précises, pour plaire, pour retenir le spectateur le temps du spectacle. Une fois le spectacle terminé, ce cinéma ne laisse rien, rien. C'est un cinéma qui s'efface aussitôt qu'il est terminé. Et j'ai l'impression que le mien commence le lendemain, comme une lecture.

La mer, mais étale – Le jour, mais gris.

Le Fou : Il est là, il marchait, il marche, n'a pas plongé dans la lumière indienne. N'a pas cessé, dans l'égarement parfait, d'être présent à S. Thala. Avec lui, le film recommence ici, à S. Thala.

Voix 1 :
Que fait-il ?
Voix 2 :
Vous savez, il garde.
Voix 1 :
La mer ?
Voix 2, hésitation :
Non...
Voix 1 :
Le mouvement de la lumière ?
Voix 2, idem :
Non...
Voix 1 :
Le mouvement des eaux ?
Voix 2, idem :
Non...
Voix 1 :
La mémoire... ?
Voix 2 :
Ah, peut-être... peut-être...

(La Femme du Gange)

M. D. :

C'est ça, il garde la mémoire, oui. Il est sans mémoire et il garde la mémoire, oui. Il est fou. Il dit : « Je suis fou », « Moi, je suis fou », il dit : « Les autres sont ça, ou ça, et moi, ce que je suis, c'est fou, je suis fou. » C'est une équivalence.

M. P. :

Je pense à la scène où le Fou danse dans le hall... Vous écrivez dans le script de *La Femme du Gange* :

« La première mesure du chant de S. Thala sort de sa bouche. Ça recommence. Plusieurs fois cette première phrase est entendue. Le Fou, la forme creuse du Fou est traversée par la mémoire de tous. La tête passoire traversée par la mémoire du tout est ici incorporée aux murs. »

M. D. :

C'est une tête passoire, oui, trouée. C'est ça, oui. Comme il n'est rien, qu'il n'offre aucune résistance à rien et que la mémoire pour moi est une chose répandue dans tous les lieux et que je perçois les lieux de cette façon-là...

M. P. :

Ils contiennent l'histoire ?

M. D. :

Oui, par exemple, c'est très rare que je me promène dans mon jardin, à la campagne, ou ici, sur la plage, sans que je revive certaines choses très, enfin, incommensurablement lointaines. Ça m'arrive par bouffées comme ça. Et je me dis que ce sont les lieux qui la recèlent, cette mémoire... que si on n'offrait pas de résistance culturelle ou sociale, voyez, on y serait perméable. Il est poreux,

« S. Thala.

Ils marchent. Ils marchent dans S. Thala.

Elle marche droite, face au temps, entre ses murs.
Le voyageur dit :

– Dix-huit ans.

Il ajoute :

– C'était votre âge.

Elle lève les yeux, regarde le paysage présent, pétrifié.

Elle dit :

– Je ne sais plus. »

(L'Amour)

le Fou. Il n'est rien, donc les choses le traversent complètement. Donc l'histoire de S. Thala le traverse. L'histoire de Lol V. Stein, qui est l'histoire de S. Thala, c'est une seule et même chose.

M. P. :

Quand Lol revient dix ans après le bal de S. Thala, elle marche, comme les personnages de *La Femme du Gange,* sur la plage...

M. D. :

Nous sommes là dans un monde totalement corporel. C'est en marchant qu'une autre mémoire lui vient, et qu'une mémoire la quitte, que le transfert s'opère.

M. P. :

Oui...

M. D. :

Ce n'est pas en réfléchissant, voyez-vous. Oui, elle est incapable de réfléchir, Lol V. Stein ; elle s'est arrêtée de vivre avant la réflexion. C'est peut-être ça qui fait qu'elle m'est tellement chère, enfin, tellement proche, je ne sais pas... La réflexion est un temps que je trouve... douteux, qui m'ennuie. Et si vous prenez mes personnages, ils sont tous, ils précèdent tous ce temps-là, enfin les personnages que j'aime, que j'aime profondément.

C'est sans doute l'état que j'essaie de rejoindre quand j'écris ; un état d'écoute extrêmement intense, voyez, mais de l'extérieur. Quand les gens qui écrivent vous disent : quand on écrit, on est dans la concentration, moi je dirais : non, quand j'écris, j'ai le sentiment d'être dans l'extrême déconcentration, je ne me possède plus du tout, je suis moi-même une passoire, j'ai la tête trouée. Je ne peux m'expliquer ce que j'écris que comme ça, parce qu'il y a des choses que je ne reconnais pas, dans ce que j'écris. Donc elles me viennent bien d'ailleurs, je ne suis pas seule à écrire quand j'écris. Mais ça, je le sais. La prétention, c'est de croire qu'on est seul devant sa feuille alors que tout vous arrive de tous les côtés. Évidemment, les temps sont différents, ça vous arrive de plus ou moins loin, ça vous arrive de vous, ça vous arrive d'un autre, peu importe, ça vous arrive de l'extérieur.

Ce qui vous arrive dessus dans l'écrit, c'est sans doute tout simplement la masse du vécu, si on peut dire, tout simplement... Mais, cette masse du vécu, non inventoriée, non rationalisée, est dans une sorte de désordre originel. On est hanté par son vécu. Il faut le laisser faire. Lol V. Stein est une personne complètement hantée par le vécu de S. Thala, par le bal. C'est un mot qui n'est pas beau, le vécu, mais je ne vois pas par quel autre mot le remplacer... Mais elle est hantée, elle est elle-même comme un lieu hanté.

Elle ne peut pas faire de compromis avec le souvenir, elle est écrasée par le souvenir qui, chaque jour, chaque jour de sa vie est nouveau, reprend sa fraîcheur, une sorte de fraîcheur originelle. C'est ça, Lol V. Stein, c'est quelqu'un qui chaque jour se souvient de tout pour la première fois, et ce tout se répète chaque jour, elle s'en souvient chaque jour pour la première fois comme s'il y avait entre les jours de Lol V. Stein des gouffres insondables d'oubli. Elle ne s'habitue pas à la mémoire. Ni à l'oubli, d'ailleurs. Mais elle est encore très très enfoncée dans l'écrit. Je ne l'ai jamais vue, Lol

V. Stein... vraiment... vous savez. C'est un peu comme des noyés dans l'eau qui reparaissent comme ça à la surface et puis qui replongent. C'est comme ça que je la vois, Lol V. Stein, elle apparaît à la surface des eaux et elle replonge. Mais je mourrai sans doute sans savoir exactement qui c'est. D'habitude, quand je fais un livre, je sais à peu près ce que j'ai fait, j'en suis quand même un peu le lecteur... Là non. Quand j'ai eu fait Lol V. Stein, ça m'a totalement échappé.

Évidemment, je peux montrer Lol V. Stein au cinéma, mais je ne peux la montrer que cachée, quand elle est comme un chien mort sur la plage, recouverte de sable, vous voyez...

M. P. :

Dans *La Femme du Gange...*

M. D. :

C'est dans *La Femme du Gange,* oui, je confonds... Oui, elle attend en dehors du casino, elle est couchée, sur la plage, à moitié morte, les doigts sont à moitié enterrés, elle a un sac de jeune fille près d'elle, il me semble, elle est tout en blanc, morte à moitié, endormie.... alors là je la vois, je la vois. Mais vivante... je vois ce qu'elle voit, je vois son mari, je vois ses enfants, je vois ses villes, les villes où elle traîne, ses amis, très bien ses maisons, les murs, les jardins, les allées – ça, je le vois, mais son visage le voyant, je ne le vois pas.

M. P. :

Si vous faites un film de *Lol V. Stein,* de la scène du bal, vous ne la montrerez donc pas, elle ?

M. D. :

Oui, elle, elle, mais détruite, déjà filmée, pas sortie du livre, pas surgissant du livre, mais déjà abîmée par les commentaires, les lectures. C'est quand même un livre qui est traduit partout, un peu partout, je veux dire, donc ça a traîné dans beaucoup de mains, dans beaucoup de consciences, c'est déjà une prostitution, Lol V. Stein. Mais Lol V. Stein surgissante, alors qu'elle sortait de moi, quand je l'ai vue pour la première fois, je ne la retrouverai plus jamais. Elle est à vous, Lol V. Stein, elle est aux autres... et quand elle remonte vers le bal de S. Thala, vers sa naissance, elle est déjà esquintée comme une putain ; je la vois pleine de fards, de bijoux, croulante comme ça, sous les fards, les bijoux. C'est curieux, mais cette espèce de personne qui est sortie d'ici, il y a huit ans, ou neuf ans, je ne sais plus, je ne peux pas faire croire que je la vois, donc je ne ferai pas de film, je le ferai avec des loques, des restes de Lol V. Stein, je peux travailler sur Lol V. Stein avec ça seulement. Ça n'a pas de sens, Lol V. Stein, voyez, ça n'a pas de signification. Lol V. Stein, c'est ce que vous en faites, ça n'existe pas autrement, je crois que je viens de dire quelque chose là sur elle. Ça avait un sens pour moi, une signification pour moi, lorsqu'elle est sortie, lorsque je suis tombée sur elle plutôt, voyez, je ne peux pas dire sortie de moi, jamais je ne parle comme ça, mais qu'ensuite elle a été à qui la veut... ça me rappelle quelque chose.. oui.

M. P. :

Comme Anne-Marie Stretter qui est à qui la veut...

M. D. :

Oui, c'est ma prostitution.

M. P. :

Mais c'est le désir...

M. D. :

Ah, absolument, oui. Ça a été ça le livre, oui. Tandis que je l'écrivais, j'ai eu un moment – je vous l'ai dit, je crois –, un moment de peur. J'ai crié. Je pense que quelque chose a été franchi, là, mais qui m'a échappé, parce qu'on peut franchir des seuils et que ça ne se traduise pas dans la conscience claire, peut-être un seuil d'opacité. Je suis devenue peut-être... je suis tombée dans l'opacité plus grande après ; c'est ça qui m'a fait crier, je me souviens de ça, ça ne m'était jamais arrivé avant. J'écrivais, et tout d'un coup j'ai entendu que je criais, parce que j'avais peur. Je ne sais pas très bien de quoi j'avais peur. C'était une peur... apprise aussi, une peur de perdre un peu la tête...

M. P. :

Les femmes, dans vos livres, je pense à Lol V. Stein, à Anne-Marie Stretter, c'est toujours le désir, et...

M. D. :

La femme, c'est le désir.

M. P. :

La femme...

M. D. :

On n'écrit pas du tout au même endroit que les hommes. Et quand les femmes n'écrivent pas dans le lieu du désir, elles n'écrivent pas, elles sont dans le plagiat.

M. P. :

Et, dans *La Femme du Gange,* vous utilisez deux voix qui sont extérieures au récit et qui sont des voix de femmes et qui sont liées entre elles par une relation de désir, comme dans *India Song,* les voix du début qui sont aussi deux voix de femmes qui se désirent...

M. D. :

Oui, mais c'est moi partout, je crois, c'est... les deux femmes. Je ne peux pas être partout à la fois, voyez, quand j'écris mais pourtant j'ai envie de tout investir, je ne suis pas plurielle, et les voix, ça me parle partout, et j'essaye de... de quand même, de rendre compte un petit peu de ce débordement, et longtemps j'ai cru que c'étaient des voix extérieures, mais maintenant je ne crois pas, je crois que c'est moi si je n'écrivais pas, moi si je comprenais mieux, moi si j'aimais les femmes, voyez, ou si j'aimais une femme, moi si j'étais morte, moi si je comprenais, etc., c'est une sorte de multiplicité qu'on porte en soi, on la porte tous, toutes, mais elle est égorgée ; en général, on n'a guère qu'une voix maigre, on parle avec ça. Alors qu'il faut être débordée...

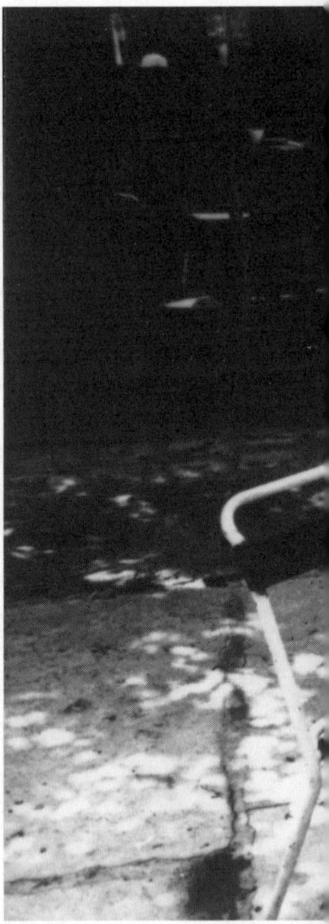

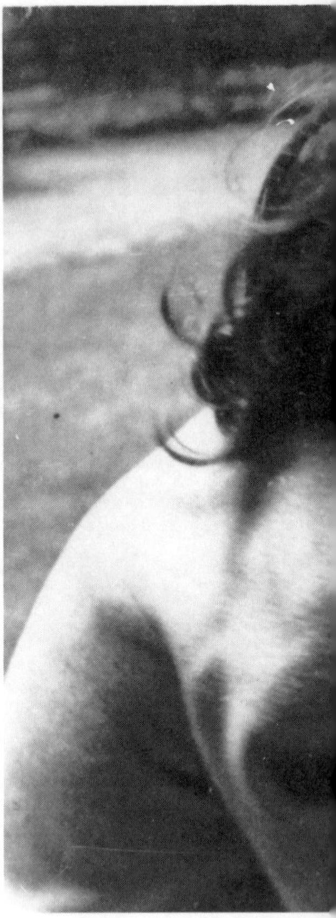

CRÉDIT PHOTOGRAPHIQUE : Atlas p. 58 – Fr. Barat : p. 76 – M. Duras : p. 43, 45, 47, 49, 51, 52, 54, 55, 57, 107, 112-113 – R. Gibson : p. 114-115 – J. Mascolo : p. 13 (*Nathalie Granger*) ; 66-67, 70-71, 75 (*India Song*) ; 83, 86, 92, 97 (*La Femme du Gange*) ; 105, 109 – M. Porte : p. 8-9, 15, 19, 22, 24-25, 31, 33, 35, 38, 40-41, 80-81, 110-111 – R. Viollet : p. 63, 88-89 – M.-P. Thiébaut : p. 18.

ŒUVRES DE MARGUERITE DURAS

LES IMPUDENTS (1943, *roman,* Plon, rééd. Gallimard, « Folio », 1992).
LA VIE TRANQUILLE (1944, *roman,* Gallimard).
UN BARRAGE CONTRE LE PACIFIQUE (1950, *roman,* Gallimard).
LE MARIN DE GIBRALTAR (1952, *roman,* Gallimard).
LES PETITS CHEVAUX DE TARQUINIA (1953, *roman,* Gallimard).
DES JOURNÉES ENTIÈRES DANS LES ARBRES, *suivi de* : LE BOA – MADAME DODIN – LES CHANTIERS (1954, *récits,* Gallimard).
LE SQUARE (1955, *roman,* Gallimard).
MODERATO CANTABILE (1958, *roman,* Éditions de Minuit).
LES VIADUCS DE LA SEINE-ET-OISE (1960, *théâtre,* Gallimard).
DIX HEURES ET DEMIE DU SOIR EN ÉTÉ (1960, *roman,* Gallimard).
HIROSHIMA MON AMOUR (1960, *scénario et dialogues,* Gallimard).
UNE AUSSI LONGUE ABSENCE (1961, *scénario et dialogues,* en collaboration avec Gérard Jarlot, Gallimard).
L'APRÈS-MIDI DE MONSIEUR ANDESMAS (1962, *récit,* Gallimard).
LE RAVISSEMENT DE LOL V. STEIN (1964, *roman,* Gallimard).
THÉATRE I : LES EAUX ET FORÊTS – LE SQUARE – LA MUSICA (1965, Gallimard).
LE VICE-CONSUL (1965, *roman,* Gallimard).
LA MUSICA (1966, *film,* co-réalisé par Paul Seban, distr. Artistes Associés).
L'AMANTE ANGLAISE (1967, *roman,* Gallimard).
L'AMANTE ANGLAISE (1968, *théâtre,* Cahiers du Théâtre national populaire).
THÉATRE II : SUZANNA ANDLER – DES JOURNÉES ENTIÈRES DANS LES ARBRES – YES, PEUT-ÊTRE – LE SHAGA – UN HOMME EST VENU ME VOIR (1968, Gallimard).
DÉTRUIRE DIT-ELLE (1969, Éditions de Minuit).
DÉTRUIRE DIT-ELLE (1969, *film,* distr. Benoît-Jacob).
ABAHN SABANA DAVID (1970, Gallimard).
L'AMOUR (1971, Gallimard).
JAUNE LE SOLEIL (1971, *film,* distr. Benoît-Jacob).

NATHALIE GRANGER (1972, *film,* distr. Benoît-Jacob).
INDIA SONG (1973, *texte, théâtre, film,* Gallimard).
LA FEMME DU GANGE (1973, *film,* distr. Benoît-Jacob).
NATHALIE GRANGER, *suivi de* LA FEMME DU GANGE (1973, Gallimard).
LES PARLEUSES (1974, *entretiens avec Xavière Gauthier,* Éditions de Minuit).
INDIA SONG (1975, *film,* distr. Benoît-Jacob).
BAXTER, VERA BAXTER (1976, *film,* distr. N.E.F. Diffusion).
SON NOM DE VENISE DANS CALCUTTA DÉSERT (1976, *film,* distr. Benoît-Jacob).
DES JOURNÉES ENTIÈRES DANS LES ARBRES (1976, *film,* distr. Benoît-Jacob).
LE CAMION (1977, *film,* distr. Benoît-Jacob).
LE CAMION, *suivi de* ENTRETIEN AVEC MICHELLE PORTE (1977, Éditions de Minuit).
LES LIEUX DE MARGUERITE DURAS (1977, *en collaboration avec Michelle Porte*, Éditions de Minuit).
L'EDEN CINÉMA (1977, *théâtre,* Mercure de France).
LE NAVIRE NIGHT (1978, *film,* Films du Losange).
LE NAVIRE NIGHT, *suivi de* : CÉSARÉE – LES MAINS NÉGATIVES – AURÉLIA STEINER, AURÉLIA STEINER, AURÉLIA STEINER (1979, Mercure de France).
CÉSARÉE (1979, *film,* distr. Benoît-Jacob).
LES MAINS NÉGATIVES (1979, *film,* distr. Benoît-Jacob).
AURÉLIA STEINER, *dit* AURÉLIA MELBOURNE (1979, *film,* distr. Benoît-Jacob).
AURÉLIA STEINER, *dit* AURÉLIA VANCOUVER (1979, *film,* distr. Benoît-Jacob).
VERA BAXTER OU LES PLAGES DE L'ATLANTIQUE (1980, Albatros).
L'HOMME ASSIS DANS LE COULOIR (1980, *récit,* Éditions de Minuit).
L'ÉTÉ 80 (1980, Éditions de Minuit).
LES YEUX VERTS (1980, Cahiers du cinéma).
AGATHA (1981, Éditions de Minuit).
AGATHA ET LES LECTURES ILLIMITÉES (1981, *film,* distr. Benoît-Jacob).
OUTSIDE (1981, Albin Michel, rééd. P.O.L, 1984).
LA JEUNE FILLE ET L'ENFANT (1981, *cassette,* Des Femmes éd., adaptation de L'ÉTÉ 80 par Yann Andréa, lue par Marguerite Duras).
DIALOGUE DE ROME (1982, *film,* distr. Benoît-Jacob).
L'HOMME ATLANTIQUE (1981, *film,* distr. Benoît-Jacob).
L'HOMME ATLANTIQUE (1982, *récit,* Éditions de Minuit).

SAVANNAH BAY (1re éd., 1982, 2e éd. augmentée, 1983, Éditions de Minuit).

LA MALADIE DE LA MORT (1983, *récit,* Éditions de Minuit).

THÉATRE III : LA BÊTE DANS LA JUNGLE, *d'après Henry James, adaptation de James Lord et Marguerite Duras* – LES PAPIERS D'ASPERN, *d'après Henry James, adaptation de Marguerite Duras et Robert Antelme* – LA DANSE DE MORT, *d'après August Strindberg, adaptation de Marguerite Duras* (1984, Gallimard).

L'AMANT (1984, *roman*, Éditions de Minuit).

LA DOULEUR (1985, P.O.L).

LA MUSICA DEUXIÈME (1985, Gallimard).

LA MOUETTE DE TCHEKHOV (1985, Gallimard).

LES ENFANTS, *avec Jean Mascolo et Jean-Marc Turine* (1985, *film,* distr. Benoît-Jacob).

LES YEUX BLEUS CHEVEUX NOIRS (1986, *roman,* Éditions de Minuit).

LA PUTE DE LA CÔTE NORMANDE (1986, Éditions de Minuit).

LA VIE MATÉRIELLE (1987, P.O.L).

EMILY L. (1987, *roman,* Éditions de Minuit).

LA PLUIE D'ÉTÉ (1990, *roman,* P.O.L).

L'AMANT DE LA CHINE DU NORD (1991, *roman,* Gallimard).

LE THÉÂTRE DE L'AMANTE ANGLAISE (1991, Gallimard).

YANN ANDRÉA STEINER (1992, *roman,* P.O.L).

ÉCRIRE (1993, Gallimard).

LE MONDE EXTÉRIEUR, OUTSIDE 2 (1993, P.O.L).

C'EST TOUT (1999, P.O.L).

THÉÂTRE IV : VERA BAXTER OU LES PLAGES DE L'ATLANTIQUE – L'EDEN CINÉMA – LE THÉÂTRE DE L'AMANTE ANGLAISE – HOME *de David Storey, adaptation de Marguerite Duras* – LA MOUETTE *d'Anton Tchekhov, adaptation de Marguerite Duras* (1999, Gallimard).

CAHIERS DE LA GUERRE ET AUTRES TEXTES (2006, P.O.L/IMEC).

LE LIVRE DIT, *entretiens de* Duras filme (« Les Cahiers de la NRF », 2014, Gallimard).

LE BUREAU DE POSTE DE LA RUE DUPIN, et autres entretiens, Marguerite Duras / François Mitterrand. *Présentation et notes de Mazarine Pingeot* (2006, Gallimard).

DIALOGUES, avec Jean-Luc Godard (2014, Post-Éditions).

CET OUVRAGE A ÉTÉ ACHEVÉ D'IMPRIMER LE ONZE JUILLET DEUX MILLE SEIZE DANS LES ATELIERS DE NORMANDIE ROTO IMPRESSION S.A.S. À LONRAI (61250) (FRANCE)
N° D'ÉDITEUR : 5938
N° D'IMPRIMEUR : 1603336

Dépôt légal : juillet 2016

DANS LA COLLECTION « DOUBLE »

Henri Alleg, *La Question.*
Yann Andréa, *M. D.*
Pierre Bayard, *L'Affaire du chien des Baskerville.*
Pierre Bayard, *Enquête sur Hamlet.*
Pierre Bayard, *Qui a tué Roger Ackroyd ?*
Samuel Beckett, *L'Innommable.*
Samuel Beckett, *Malone meurt.*
Samuel Beckett, *Mercier et Camier.*
Samuel Beckett, *Molloy.*
Samuel Beckett, *Watt.*
François Bon, *Sortie d'usine.*
Michel Butor, *L'Emploi du temps.*
Michel Butor, *La Modification.*
Éric Chevillard, *Les Absences du capitaine Cook.*
Éric Chevillard, *Du hérisson.*
Éric Chevillard, *La Nébuleuse du crabe.*
Éric Chevillard, *Oreille rouge.*
Éric Chevillard, *Palafox.*
Éric Chevillard, *Le Vaillant petit tailleur.*
Julia Deck, *Viviane Élisabeth Fauville.*
Marguerite Duras, *Détruire dit-elle.*
Marguerite Duras, *Emily L.*
Marguerite Duras, *L'Été 80.*
Marguerite Duras, *Moderato cantabile.*
Marguerite Duras, *Savannah bay.*
Marguerite Duras, *Les Yeux bleus cheveux noirs.*
Marguerite Duras, Xavière Gauthier, *Les Parleuses.*
Marguerite Duras, Michelle Porte, *Les Lieux de Marguerite Duras.*
Tony Duvert, *L'Île Atlantique.*
Jean Echenoz, *Cherokee.*
Jean Echenoz, *L'Équipée malaise.*
Jean Echenoz, *Les Grandes Blondes.*
Jean Echenoz, *Je m'en vais.*
Jean Echenoz, *Lac.*
Jean Echenoz, *Nous trois.*
Jean Echenoz, *Un an.*
Paul Éluard, *Au rendez-vous allemand* suivi de *Poésie et vérité 1942.*
Christian Gailly, *Be-Bop.*
Christian Gailly, *Dernier amour.*
Christian Gailly, *Les Évadés.*
Christian Gailly, *Les Fleurs.*
Christian Gailly, *L'Incident.*
Christian Gailly, *K.622.*
Christian Gailly, *Nuage rouge.*
Christian Gailly, *Un soir au club.*
Anne Godard, *L'Inconsolable.*
Bernard-Marie Koltès, *Une part de ma vie.*
Hélène Lenoir, *L'Entracte.*
Hélène Lenoir, *Son nom d'avant.*
Robert Linhart, *L'Établi.*

Laurent Mauvignier, *Apprendre à finir.*
Laurent Mauvignier, *Dans la foule.*
Laurent Mauvignier, *Des hommes.*
Laurent Mauvignier, *Loin d'eux.*
Marie NDiaye, *En famille.*
Marie NDiaye, *Rosie Carpe.*
Marie NDiaye, *La Sorcière.*
Marie NDiaye, *Un temps de saison.*
Christian Oster, *Loin d'Odile.*
Christian Oster, *Mon grand appartement.*
Christian Oster, *Une femme de ménage.*
Robert Pinget, *L'Inquisitoire.*
Robert Pinget, *Monsieur Songe* suivi de *Le Harnais* et *Charrue.*
Yves Ravey, *Enlèvement avec rançon.*
Yves Ravey, *La Fille de mon meilleur ami.*
Yves Ravey, *Un notaire peu ordinaire.*
Alain Robbe-Grillet, *Djinn.*
Alain Robbe-Grillet, *Les Gommes.*
Alain Robbe-Grillet, *La Jalousie.*
Alain Robbe-Grillet, *Pour un nouveau roman.*
Alain Robbe-Grillet, *Le Voyeur.*
Jean Rouaud, *Les Champs d'honneur.*
Jean Rouaud, *Des hommes illustres.*
Jean Rouaud, *Pour vos cadeaux.*
Nathalie Sarraute, *Tropismes.*
Eugène Savitzkaya, *Exquise Louise.*
Eugène Savitzkaya, *Marin mon cœur.*
Inge Scholl, *La Rose Blanche.*
Claude Simon, *L'Acacia.*
Claude Simon, *Les Géorgiques.*
Claude Simon, *L'Herbe.*
Claude Simon, *Histoire.*
Claude Simon, *La Route des Flandres.*
Claude Simon, *Le Tramway.*
Claude Simon, *Le Vent.*
Jean-Philippe Toussaint, *L'Appareil-photo.*
Jean-Philippe Toussaint, *Autoportrait (à l'étranger).*
Jean-Philippe Toussaint, *Faire l'amour.*
Jean-Philippe Toussaint, *Fuir.*
Jean-Philippe Toussaint, *La Salle de bain.*
Jean-Philippe Toussaint, *La Télévision.*
Jean-Philippe Toussaint, *L'Urgence et la Patience.*
Jean-Philippe Toussaint, *La Vérité sur Marie.*
Boris Vian, *L'Automne à Pékin.*
Tanguy Viel, *L'Absolue Perfection du crime.*
Tanguy Viel, *Insoupçonnable.*
Tanguy Viel, *Paris-Brest.*
Antoine Volodine, *Lisbonne, dernière marge.*
Antoine Volodine, *Le Port intérieur.*
Elie Wiesel, *La Nuit.*